KB153162

화분 사이의 식사

실천시선 256
화분 사이의 식사

2018년 9월 5일 1판 1쇄 찍음
2018년 9월 5일 1판 1쇄 펴냄

지은이 강봉덕
펴낸이 윤한룡
편집 한지혜
디자인 한시내
관리·영업 최윤영
펴낸곳 (주)실천문학
등록 10-1221호(1995.10.26)
주소 서울특별시 중랑구 상봉로 110, 1102호 (망우동)
전화 322-2161~5
팩스 322-2166
홈페이지 www.silcheon.com

ISBN 978-89-392-024-8 03810

이 책은 울산문화재단 2018 예술로(路) 탄탄 지원사업의 일환으로 발간되었습니다.

이 도서의 국립중앙도서관 출판시도서목록(CIP)은 e-CIP홈페이지(http://www.nl.go.kr/ecip)와
국가자료공동목록시스템(http://www.nl.go.kr/kolisnet)에서 이용하실 수 있습니다.
(CIP제어번호:CIP2018028695)

실천시선 256

화분 사이의 식사

강봉덕

실천문학사

차례

제1부

제2부

제3부

제 1 부

감은사

팽팽한 허공이 균형을 잡는다
늘 마주 보고 서 있는
그들은 맞수다
쉽사리 다가서지도 물러나지도 않는다
중심이 흔들리지 않는 저 근성
쓰러지지 않는 비결은 마주 보고 있기 때문
서로 무너지지 않으려 안간힘 쓴다
대웅전 앞, 사각의 뜰
먼지나 흙이 되어 모두 돌아간 시간
아직 버티고 있는 저 힘
눈동자는 당신의 허점을 살핀다
쓰러지는 일이 무서운 것이 아니라 다시
일어서지 못하는 일이 무서운 것
가까이 있다 멀리가면 맞수가 아니다
일상의 기울기가 그림자를 만드는 시간
이유도 모른 채 중심에서 떠나간 사람들
죽죽 금 간 모습으로 감은사 탑 주위를 돈다

그 여자, 마네킹

때론, 패션도 종교가 된다
묵언 수행하는 그 여자
침묵으로 한 종파를 완성시킨다
그 종파의 교리는 계절을 앞질러 가는 것
한 계절 똑같은 웃음이나 빛깔
표정을 만드는 것이다
새로운 계절에 이르기 전
그 여자의 설법은 고요하고 은밀하다
이 거리에 들어온 사람들은 주술에 걸리듯
그 여자의 짝퉁이 되기 시작한다
포교는 중심에서 변방으로 퍼진다
짧은 치마처럼 간단명료한 표정
미끈한 팔다리로 사람들을 전염시키며
파격적인 노출도 교리가 된다
패션이 변할 때마다
사람들은 새로운 표정을 만들며 순종적으로 바뀐다

경기 불황이 몰려오면

그녀는 더 화려하고 빠르게 변신한다

사라진 추종자를 다시 불러들인다는 것은

침침한 눈으로 바늘귀에 실 꿰듯 힘겨운 일이지만

손바닥 뒤집듯 가벼울 수 있다는 듯

투명한 벽 앞으로 모여드는 사람들

그 여자, 화려한 변신을 시작한다

블랙홀1

허공이 열려 창백하다
빠져드는 부드러운 것들은 반항하지 않는다

문이 열리면 문은 창을 만들고 창은 구멍을 낳고 낳으며 자라나는 블랙홀 손바닥 안에서 밥상머리에서 책상 위에서 버스 안에서 만들어졌다가 사라지는 구멍, 휘어지는 그림자도 어둠도 비명도 구멍의 반대편 깊을수록 환하다 뒷면이 밝아 보이지 않는다 손가락을 잡고 눈알을 발목을 가슴을 몸을 당긴다

입구만 있고 출구가 없는 구멍 이곳은 소리나 감정이 없고 바람이 불지 않고 눈보라가 치지 않는다 바싹바싹 말라가는 몸 서너 개의 목숨과 죽음을 보유할 수 있는 곳 이곳을 빠져 나가기 위해선 뒤돌아서야 한다 뫼비우스 같은 유혹의 길에서 돌아선다는 것은 길들여지는 일에서 멀어진다는 것, 본능을 거역하는 아픔이다

기억을 지우는 일은 뚜껑을 덮는 일
창에 잠겨드는 몸이 소용돌이친다

블랙홀2
—아파트

아름다운 감옥을 만들기로 하자
비밀번호 바꾸고 손잡이 없애기
완전한 공간은 분리된 곳
3동 310호는 수형번호라 기억하자
영어 이름은 미래어로 번역하기
기억의 블랙홀은 벗어날 수 없는 곳
감시카메라로 조정되는 시간
방문자는 정기적인 택배기사다
수천 년 후 박물관으로 불려도 좋은 곳
한 가족 감옥이나 무덤으로 기록되거나
고장 난 비행접시라 믿도록 하자
사람들은 수형자를 위한 가설을 만든다
어쩌다 독거노인의 뼈를 만나면 무기수라 부르자
안으로만 열리는 문은 미로 같아
한 번 갇힌 수형자는 나올 수 없는 곳
완벽하게 보호되는 안전한 곳

시간은 뒤로 흐른다, 늙은이에서 아이로

기억은 점점 작아져 흐릿해지고

사각의 블랙홀 공간은

수형자를 어둠으로 당긴다

장마의 시간

고양이 발자국 소리로 장맛비 쏟아지고
구름에선 비린내 난다
장미는 담장 위에 붉은 혀를 올려놓고
축축한 도시를 읽는다
자꾸만 허약한 곳을 파고드는 고양이처럼
내팽개친 빗속에서 쭈뼛거리는 꽃잎들
돌아갈 곳 없어 골목에 흥건하다
소나기에 푹 젖은 사내,
고양이 울음으로 울어 볼까
텃세도 부릴 수 없는 허약한 유전자
머릴 쓰다듬는 손길 아래서
푼돈같이 던져 주는 생선 대가리 앞에서
꽃밭으로 뛰어든다
흰 머리칼은 안테나처럼 흔들리고
축 늘어진 뱃살
긴 실눈은 본능처럼 작아진다

쟁여 온 하루를 살금살금 피워 올리며
골목엔 젖은 꽃잎이 흐른다
장맛비는 불안처럼
사내와 고양이를 세차게 뚫고 지나간다

복산 유곽

골목이 시끌벅적하다
여우 가죽을 뒤집어 쓴 여편네의 악다구니
사방으로 날아 여린 꽃 목이 꺾인다
초경을 하는지 시뻘겋다
꽃받침처럼 탬버린 흔들던 소녀
산비탈 사글세로 내려앉은 들꽃이다
단맛을 빨아먹는 악어가죽 두른 그들
잡식성 들짐승이다
밤의 꽃은 어두운 골목으로 자란다
골목은 늘 축제 중이다
목에 둘린 밍크, 구두 굽으로 내려앉은 소
곰 너구리 토끼 양 입장한다
네온사인 밑으로 들어간다
모두가 내통한다
몸짓으로 통하고 손끝으로 섞이는 곳
들짐승이 가축으로 뛰어놀고 꽃들이 자지러지는 곳

여기가 당신이 그리던 에덴일까
골목길이 안개로 흥건하다
넘실대는 악취, 햇볕 몸 섞는다
손톱자국 선명한 길바닥엔
모난 돌과 몽치 씹다버린 껌
그리고 풀꽃,
아스라한 세계를 밀어 올린다
천국의 거리엔 여전히 아침은 멀다

아름다워라, N포처럼

1

연애? 뭐야? 먹는 거? 연애는 붉은 감정이지. 네거리 신호등에 걸린 불이지. 그러니까 멈춤. 멈.춤이라고? 신호를 기다리는데 녹색처럼 달려가 연애를 한다면 일방통행이거든, 연애는 쌍방과실이어야 유효하지. 정지라고하면 과속인 연애는 늘 선을 넘거든. 사고는 순간이라는 걸 누구나 알겠지. 너무 집착하지 마, 오래된 유물이야, 해석하기 어려운 상형문자야. 뜨겁게 유통되는 연애는 곧 사라질 거야. 우리 시대엔 연애라는 감정보다 이성을 생각할 거야. 난 오늘 연애는 멈.춤, 감정은 정.지라고 말할래.

2

난, 결혼할래요, 아버지와 아버지의 직업과, 아버지의 아내와

난, 결혼할게요, 엄마와, 엄마의 웨딩드레스와, 엄마의 잔소리와

난, 결혼하고 싶어요 나와, 나의 무능과

난, 결혼을 사랑해요.

난, 결혼할 겁니다. 웨딩드레스와 주례사와 예식장과 관객과 뷔페와 청첩장과 예물과 봉투와 4월과

그리고 나는 나와

3

우린 출산을 거부합니다¿

우린 출산을 하지 않습니다¿

우린 우리의 미래를 예측하지 않습니다¿

( )이 ( )낳지 않고 ( )의 형제를 낳지 않고 ( )에게서 ( )을 낳지 않으니라*

( )의 아내에게서 ( )을 낳지 않고 ( )를 낳지 않으니라

우린 괄호를 채우지, 채울 수 없습니다¿

이제 우린 족보를 버립니다¿

---

* 성경 '마1:2'에서 변용.

자녀를 양육할 수 없습니다¿

4

사진은 웃고 있지만 늘 혼자입니다. 밖으로 나갈 수 없는 걸음걸이의 횟수만큼 환하던 얼굴이 낡아갑니다. 달려오던 길은 테두리에 막힙니다. 잔뿌리 같던 대화는 실금처럼 갈라집니다. 시간이 흐려지고 경계는 점점 두터워집니다. 입은 무언가 말하는 자세로 멈춥니다. 언어가 표정으로 숨습니다. 늘 사진 속에서 낡아갑니다. 틀을 깨고 문을 열고 밖으로 나갈 수 있는 날이 오겠지요

5

움직이는 것들은 집이 필요하나요. 뿌리 없는 사람은 집이 있어야 하나요. 집 밖으로 발 뻗으면 안 되나요. 지하방에서 옥탑방으로 이동은 수직 상승인가요. 수직 낙하하는 비의 결백은 무소유인가요. 캥거루의 방은 언제나 튼튼할

까요. 신문지는 기둥이 없어 건축법에 저촉되나요. 구멍 뚫린 거미집은 철거되나요. 무거운 집 진 자들은 은행 앞에 죄다 부려놓으면 행복할까요. 콧대 높은 집들은 언제 무너지나요. 왜 그들은 남쪽만 고집하나요.

그러니까 집은 무엇입니까?

6

난, 꿈 깨지 않을래요 눈 감으면 보이는 꿈이 좋아요 내 몸 흔들지 마세요 꿈이 흘러넘치면 이불이 젖어 꿈이 달아나거든요 난, 꿈을 놓지 않을래요 눈 뜨면 사라지는 꿈, 꿈에서 이루어진 꿈은 왜 꿈 밖에선 이루어지지 않을까요. 꿈을 만들어요 무너지지 않는 꿈 유리 조각처럼 갈라진 꿈 손만 뻗으면 잡히는 꿈 방 안 가득 둥둥 떠다니는 꿈

7

십자형 묶음의 노끈에 밀봉된 상자, 홈쇼핑에서 보낸 희

망이 도착한 것이다 맘에 들지 않으면 반품이 가능하다는 희망, 어울리지 않으면 수선해 준다는 희망, 전화만 걸면 앉아서 받아 볼 수 있다는 희망, 을 주문한 것이다 밀봉된 상자 안에서 꿈틀거릴 희망에 대해 생각해 보는 중이다 저 꽁꽁 묶인 끈이 풀리면 마법의 연기처럼 사라질 것 같아 더 깊이 숨긴다 홈쇼핑에선 매진되지 않는 희망이 매일 배달되지만 상자를 열어 본 사람은 없다 우리와 한 번도 마주한 적 없는 희망들

새

나를 허공으로 던진다 날카로운 모서리가 곡선으로 구겨지며 날개가 돋아난 것이다 쓸모없다고 생각한 순간 새가 되기로 한다 얇은 마음을 펼쳐 순백의 하늘을 닮아 날개의 기억을 더듬는다 멀리 날기 위해 스스로 구겨져야 한다 최후의 모습에 날개를 달기 위해 얼마나 험한 길 돌아오는지 팔다리는 어둠 속에서 머리는 허공에서 견딘다 한 장의 순한 깃털이 되기 위해 물속에서 부풀려지고 단단해지고 날카로운 이빨에 절단되며 날 선 모서리가 된다

기회를 엿보다 날개가 되고 싱싱한 울음이 되고 마침내 새가 된다 날 수 없는 날개, 창문 너머 추락하는 새의 힘, 스스로 죽는 것은 소리가 없다 마지막은 늘 아름다운 것이다 살아온 길들이 층층이 무너져 내린다 몸에 기록된 날개를 구긴다 난, 날아오를 준비를 끝내고 기다린다 반듯하지 않을수록 탄력 있는 날개, 아직 돋지 않는 날개를 생각하는지 옆구리를 긁으며 허공을 빠져나오는 얼굴 보인다

홀쭉한 등

태양의 둥근 등 본 적 있나요
통증 같은 흑점, 펄펄 타오르는 아궁이, 지층 같은 상처가
어둑하게 쌓여 있는 낡은 주머니 같지요
태양의 얼굴만 바라봐도 눈물이 나오는 까닭은
우리 가슴이 그 주머니 속을 먼저 읽었기 때문이지요
아파트 경비실에 불시착한 아버지의 등이 그렇네요
행성처럼 빛나는 여섯 자식 반듯이 키웠다고 부러움 받지만
집나간 명왕성처럼 이혼하고 뒷골목 서성거릴
막내딸 소식이 궁금한 어둑한 등이 그렇지요
가슴 한쪽 흑점 같은 돌덩이 자라지만
누군가에게 짐이 되기 싫다며 제 몫의 아픔을 키우는
홀쭉한 아버지가 더욱 그렇네요
우리가 등을 기억하지 못하는 것은 보이지 않아서가 아니라
아픔을 기억하기 싫어하는 편리한 습성 때문이지요
등이란 눈으로 헤아릴 수 없는 것을 간직하고 있지요
맑은 거울로 자신의 등을 본 적 있나요

무게를 견디지 못해 그림자로 길게 눕네요

바닥에 길게 늘어져 직립의 희망을 끌고 다니는 것은

언제나 우리의 어둑하고 둥근 등이지요

잃어버린 슬픔을 찾기 위해

아궁이에 불 지피며 스스로 태워 흑점을 키우는

태양의 뒷면 같은 아버지의 홀쭉한 등을

나는 날마다 생각하지요

고양이가 골목을 읽다

담장 위, 어둠처럼 천천히 밀려와
난간에 쪼그려 앉아 두꺼운 골목을 읽는다
골목은 어둠을 한 겹씩 쌓으며 자서전을 엮는다
두 손에 침 바르며 곰곰이 책을 읽는다
잔업을 마치고 돌아오는 땀 절은 작업복을 읽는다
거북이 등짝 같은 학생이 넘어지고
대리운전 차량이 황급히 떠나고
껌을 찍찍 씹는 하이힐이 어둠 속으로 들어간다
발라진 생선같이 흐릿해지는 날이면
집나간 발자국이 불 켜진 방을 들여다보곤 한다
가끔 욕지거리 같은 찌그러진 냄비가 날아오는 것은
문간방 일용직 김씨가 독서를 방해하는 것이다
어둠을 배경으로 책이 한 뼘씩 자라면
그는 둥근 수염을 펼쳐 하루의 깊이를 가늠한다
어두워도 맑은 문장을 만날 수 있다는 듯
매일 밤 혀로 어둠을 닦는다

긴 하품을 하며 꼬리 같은 부록을 읽을 즈음
눈 밝은 청소부는 먹다 남긴 간식을 수거해 가고
눈 어두운 하나님은 책을 읽기 위해
둥근 램프를 골목에 걸어 둔다

짧은 휴식을 위한 변명

교차로에서 돌연 멈추었다 열쇠를 돌려도 몸만 부르르 떨다 조용하다 견인차가 달려오고 정비공이 보인다 두 다리 허공으로 벌리고 끌려가는 죽음을 손에 쥔 경건한 의식이다 리프트에 올라 정비실로 올라가는 동안 사형선고를 기다리는 병자처럼 온몸이 창백하다 차량번호를 입력하자 걸어온 길 환하게 읽힌다 드라이버 하나로 살들이 떨어지고 피가 흐르며 악착같이 달라붙은 굳은살이 쉽게 분리된다 발가벗겨진 몸 상처가 가득하다 '잠시 휴식' 처방전은 간단명료하다 뒤돌아보면 얼마나 오랫동안 쉬지 않고 달려왔는가

속도와의 경쟁에서 앞서려고 헛바퀴는 또 얼마나 돌렸는가

대학병원 관절치료센터
퇴행성관절염 앓던 아버지의 발목엔
인공뼈가 자리 잡았다

시간처럼 떨어지는 링거, 기울어진 휠체어, 졸음 같은 알
약들은
짧은 휴식을 위한 변명 같은 것들
다시, 팔다리에 팽팽히 힘줄 서면
어느 날 도시 한가운데 멈출 때까지
쉬지 않고 달려야 한다는 것을 알고 있다는 듯
절뚝이며 일어서는,

꽃의 침묵

아침이면 떠날 채비 하지요 구름을 당겨 총구 쓱쓱 문질러 윤기 내고요 밤새 자란 살기 날카롭게 세우지요 단세포 동물 같은 방아쇠 건드리면 부드럽고 물컹한 총알 정확히 목표물 관통하지요 파편은 사방으로 튀고요 가끔 되돌아오는 총알 피해야 하지요 하지만 염려 마세요 무기력증에 빠진 당신은 안전하니까요 준비가 끝나면 출구 막고 위장을 하지요 꽃망울 보호막그려 넣고요 바닥을 기는 연료통 채우지요 채워도 끝이 없는 구멍이 보여요 집착은 배고픔에서 오니까 조심해야 해요 빠르게 굴러갈 바퀴 탱탱하게 바람 넣고 시동 걸어요

바람의 잔등에 올라타지요 갈기 움켜잡고 발 구르며 속력을 올려요 성급한 바람이 허공에 걸려 넘어지고요 네거리엔 붉은 꽃 걸려 있어요 시한폭탄일까요 손 내밀어 목을 뚝뚝 분질러요 폭주족 같은 공포탄 터지면 뭉개진 꽃 낭자하게 흩어지고요 밤샘한 잎 쓰러져요 그러나 소심한 당신은 속 태우지 마세요 공갈탄이 먹히지 않아요 바람은 벌레

든 구멍으로 스며들고 나타났다 사라지는 분분한 꽃보라 보세요 어둠이 조용히 우리를 삼켜요 어둠보다 빨리 어두워지는 꽃잎은 뿌리를 내려요 아직 물들지 못한 당신은 곧 저물 거예요

저녁 식탁에 암술과 수술이 꽂혀 있어요 까만 씨앗이 종지에 담겨 있고요 불면으로 고생하던 당신 알약을 삼키고 물을 마셔요 밤마다 꽃이 방안 가득 피어날 거예요 어둠보다 밝은 꽃을 밀어 올리고 총탄보다 부드러운 잎 말아 올려요

고래의 발

아름다운 것은 쉬이 사라진다
고래의 발이 사라지고 흔적만 남았다
그러므로 고래의 발은 아름답다
하여, 나는 아름다운 고래의 발을 기다린다
하루에 한 번 일 년에 한 번 지구가 도는 이유는
사라진 것들이 다시 돌아온다는
굳은 약속의 표식이다 가끔
고래가 해변으로 올라와 뻔한 죽음을 맞이하는 것도
계절을 건너고 숲과 해변으로 사냥을 나가던
사라진 발에 대한 기억 때문이다
근질근질한 고래의 발이 돋아나는 미래의 어느 날
우리는 고래와 공원을 산책할 것이리라
분홍 꽃신을 신고 큰 엉덩이를 사각사각 흔들며
황홀한 저녁 하늘을 바라보며 눈물을 흘리는
고래의 발을 만날 수 있으리라
우리가 살아오면서 잊어버린 것 천천히 가슴으로부터
멀어진 것

눈앞이 캄캄해 놓쳐 버린 것 움켜쥐다 빠져나간 것
가령, 이런 것들이 다시 돌아온다면
돌아오는 것들은 어디에 숨어 있었을까
차가운 암각화나 눈물 같은 별자리 속이거나 아니면,
당신이나 나의 가슴 저 깊숙한 자리에 있었을지도 모른다
아름다운 고래의 발

화분 사이의 식사

1

세발선인장과 인도고무나무가 우리 집 거실로 이사 온 날 허공이 위태하더니 떠들썩한 식탁을 차린다 악어 울음, 낙타 발자국, 잘 구워진 모래, 붉은꼬리열대사다새의 웃음, 전갈의 맹독을 한데 모아 지지고 볶고 비비는 특별 메뉴 섞일 수 없는 것을 잘 섞는 것이 이 요리의 비법. 가끔 개성 강한 것들이 부딪혀 스콜을 퍼붓기도 하고 회오리바람이 몰려오지만 이때 맛볼 수 있는 것이 이곳의 별미이다 지구본을 돌리듯 화분과 화분 사이를 돌리면 철철 넘치는 웃음이나 울음, 때로는 비명까지 모두 제 몸에 갇힌 소리 하나씩 흘린다 신기루 같은 입들이 둘러 앉아 먹는 늦은 저녁 엇나간 일기예보처럼 싱싱한 맛이다

2

때 늦은 우리 집 저녁 식탁
뿌리처럼 바싹 마른 입들이 허공에 길을 낸다
"막내는 영어학원가서 아직 안 온 거야, 아마 길 건너 게

임방에 있을 거야. 이번 학기 휴학하고 주유소 아르바이트 할 거예요, 등록금 걱정은 하지 마세요, 내 삶도 충전 좀 할 거고요. 아버지 어머니 갈라서실 거 같아요, 각 방 쓴 지도 오래고요. 어제 박 과장이 해고됐어, 당분간 집에 늦게 올 거야. 대출금 이자 날짜는 왜 이리 빨리 다가오지, 이번 달은 보험해약해서 이자라도 넣어야겠어요. 이번 추석엔 막내 삼촌 결혼 이야기 좀 해요, 언제까지 같이 살아요, 집도 좁은데…"

양푼에 어울리지 않은 말들을 집어넣고 섞일 때까지 돌리는 저녁

서로가 서로에게 조금씩 섞이기도 하고 허물어지도 하면서.

더 깊은 바깥

실업급여 신청하고 돌아와 문을 닫는다. 바깥과 조금 더 깊은 바깥으로 나뉜다. 중심에서 멀어진 오후, 고층빌딩과 과속의 도로 공단사거리 오토바이와 자전거의 퇴근 행렬이 멈추는 문밖, 그림자처럼 붙어 다니던 낯익은 풍경이 고장 난 바퀴처럼 쫓아오지 못한다. 문안은 좀 더 어두워진 가장자리다.

문을 닫으면 익숙한 풍경의 자리로 꽉 찬 소리 들어온다. 차들의 굉음과 다급한 앰뷸런스, 칭칭 감기는 자전거의 숨소리. 아직 쓸 만한 몸은 바깥이 궁금한지 들썩거린다. 한낮의 길은 속도를 멈추지 않고 왼편은 좀 더 깊은 왼편이 만들어진다.

닫힌 문에 벽이 생긴다. 문과 벽이 한통속이라 문을 빠져나가고 싶은 마음과 몸에 익은 평생의 몸짓이 문과 문 사이, 벽과 벽 사이에 갇힌다. 벽의 틈은 침몰하는 폭풍우 같기도 하고 오월의 아카시아 향기 같기도 한, 아니지, 오랫동안 익힌 신화 같기도 한, 밖은 더 깊은 바깥의 생각이 필요하다. 벽을 연다. 손잡이를 생각하면 문이 되는 벽. 고해성사 같이 허공에 꽉 찬 소리는 메아리 같은 것, 안과 밖의 구분이 없어진 늦은 오후, 벽과 벽 사이를 빠져나온 몸 바깥의 깊이를 가늠한다.

아름다운 냄새

그가 남긴 냄새는 유일한 유서다
서명이나 날인도 없이 온몸으로 남긴 기록이다

지하 공간에 빼곡히 기록된 냄새는
효력도 증인도 없이 작성된다

냄새의 흔적은 도망이 아니다, 다만
죽음에 매달려 있다가 목적지도 없이 목적지를 향하는 것
그러니 유서는 분실이나 위조의 위험이 없다

조용하고 은밀하게 진행되는 유서는 삼칠일이 넘어서
발견되기도 한다
깨지지 않는 냄새는 들키고 싶었던 까닭일까

가끔,
말라붙은 라면 봉지나 깨진 소주병들만이

바스락거리거나 차가운 바닥을 뒹군다

냄새는 죽음을 맞이해도
집으로 가지 못하고 집에 갇혀 있다

냄새를 냄새로 덮으면 사라지는 눈 먼 가계도

아직,
지워지지 않은 유언은, 허공을 흐르고 흘러
주인을 찾아간다

수몰지구

붉은 상처가 아물지 않은 땅의 문을 빈틈없이 꽉 막고 있는 마개는 잔잔하다 손잡이도 자물쇠도 없어 어느 누구도 열어보지 못한다 투명한 표면은 언제나 적막만 돌린다 들여다보는 얼굴만 되돌려 보내며 갇혀 있는 것들의 소리 들리지 않는다

가뭄을 틈타 가끔 마개가 열리면 쩍쩍 갈라진 진실은 허물어져 흔적만 보인다 바닥까지 말라붙은 몸은 감춰야 빛나는 냄새를 햇볕에 말린다 갈라도 갈라도 갈라지지 않고 점점 단단해진 마개는 무엇이든 감추는 힘이 있다 감추고 싶은 일을 수면 아래 묻고 오랫동안 갇히면 더 향기롭다고 입맛을 부추기는 사람들, 잔잔한 마개가 첨벙 소리를 지르는 동안 누군가는 쏟을 수 없는 비린 내장을 손쉽게 포장하는 법을 익힌다

수면 아래서 문을 여는 일은 허공의 고리를 찾는 일, 둥

근 파장을 만드는 마개는 열리고 싶지만 비밀을 숨기려는
본능이 있다

제 2 부

금요일의 꼬리들

금요일의 꼬리는 길어? 꼬리가 꼬릴 만들어, 다음 날도 그 다음 날도. 불금이 길어지니 좋지? 불타는 굴뚝도 좋아? 헤비메탈처럼 재생되는 밤, 기계음은 더 빨리 돌아 컨베이어 결 안전화는 먼질 두드리며 화음을 맞추지 금요일의 음은 검은색, 음계를 올려 건반을 두드려 소리가 소리의 꽁무닐 빠져나오지 빠르게 불사르는 금요일은 맛있지 금요일을 잘 넘기려 구워 먹고 고아 먹는 맛, 이어지는 잔업 뒤의 고래 심줄 같은 맛, 지겨운 맛, 꼬리를 당겨 머리에 붙여줄까 둥근 요일은 구름처럼 가벼워 거리는 꼬리로 넘치고 뭉텅뭉텅 빠져나온 하늘은 길지 음계보다 높게 다리를 붙여줄까 신발 끈 묶고 바닥 치며 그리고 달려 볼래 지친 다린 새벽을 기다리지 내리막은 가속도로 오르막은 탄성으로 몸통보다 꼬리가 크다고? 잘려도 살아나는 아름다운 불멸의 꼬리, 꼬릴 치고 꼬릴 숨기며 뚜껑이 덮여야 꺼지는 금요일의 맛

눈 내리는 방식

흰색을 모아 빨강을 덮는다.
일시에 모든 감정을 하나로 만들어
흑백 사진처럼 단순하게 들여다본다
누군가 던진 눈덩이 하나가 구르고 굴러 눈사람이 되듯
작은 말들이 구르고 굴러 부풀려진 기록들이
아침마다 세상을 덮는다
꽝꽝 얼어붙은 조간신문에 침을 뱉듯
아침이면 흙을 묻혀 밟아 보지만
발자국은 눈에 갇혀 일어선다
내 발바닥 가장자리부터 눈은 쌓여
부피가 아닌 깊이로 짙어진다
펼치면 단단한 흰빛이다
길 위에 발자국을 남기고 싶다는 생각은
높이가 궁금하다는 말
나는 아무런 감정도 없이 깊이를 만든다
좀 더 먼 곳까지 가겠다는 생각

지상의 모든 물체는 높이를 가진다

색이 변한다는 것은 눈이 녹는 일 평면을 무너뜨린다

세상의 높이를 지우는 방식으로

눈은 평면으로 내린다

풍경소리

세상으로 향한 회전문 열고 들어오는
구부정한 허리의 윤씨는 건축 일용직공이다
아침부터 비가 내리는 날
지하 단칸방 벗어나려
희망으로 향하는 목도의 길 더듬어 온 것이다

내일의 빛으로 한금한금 엮어
모눈종이 위에 조용히 서 있는 집
상담석에 앉은 그는 소망의 설계도 펼쳐 보인다
행원은 오늘 아침 일어난 곳을 묻는다
일용직 윤씨는 설계도에 문제가 없다는 듯
행과 열을 오르내리며 내일의 창을 여닫는 동안
행원은 그가 지나온 길을 들여다본다. 부르튼 손과
홀쭉한 얼굴에서 험난했던 날들이 열린다

낡은 몸 접어 눕던 지하 방

오래도록 세를 내지 못해 지상으로 내몰릴 몸을
기억하는지 움찔 세상이 움직인다
연기가 피어오르는 설계도 안 굴뚝 쪽으로
몸을 돌린다. 그 방향이 운이 좋다고 들었던 것이다
그리하여 그 집 앞에 당도할 수 있다면

상한 몸은 지금 아궁이와 구들을 지나 정초를 세우는 중
이다
가족은 지하 단칸방 벗어나려 한다.
빛으로 향한 길은 멀고 가파르다
그러는 동안
행원은 윤씨의 가난한 가계도 계속 들추고

윤씨는 밝은 앞날의 비밀을 캐내는데
행원은 아직도 과거를 읽어 간다. 지금 그의
거푸집 같은 손을 따라가면

툭툭 불거져 나온 강줄기 같은 실핏줄 끝으로
젊었을 때 심어 놓은 푸른 질경이 꽃 무늬를 만난다
그가 움츠릴 때마다 마른 꽃잎 한 무리씩 피었다 진다

그는 대들보 건너고 있다
나무의 틀어짐 바로 잡으려 안간힘을 쓰다
나무의 숨결이 들려주는 법문을 읽고 있는
굵은 주름살에 갇힌 눈 들여다보다가 그의
진실을 만난다. 높이의 경계까지 올라온 것일까.
집은 늦어지고 있다 행원은 이제 윤씨의 현실을 트집 잡
고 있는데

설계도는 막바지에 이르고 있다
집은 그의 꿈길을 따라 계속 자라고 있다
촘촘히 서까래 얹고 추녀를 엮어 가며
하늘 행간과 수평을 맞추다

먼 하늘을 본다 상향식을 하듯이
굽은 키의 높이만큼 하늘은 빈자리 비워 두고

이제, 집은 마무리가 되고
다시 건축 일용직공의 항해가 시작된다
용마루 올리자 바람이 분다
설계도 위의 꿈이 와르르 무너진다
윤씨는 꿈을 접어 봉투에 밀어 넣는다
언제 다시 개봉할지 모르는 어두운 가슴 한편으로

긴 미로 끝 윤씨의 낙인이 그려지고
세상을 향해 나서는 순간
처마 끝 풍경이 하늘의 현 건드리자
겨울비가 내린다
멀리서 풍경소리가 내린다

빙판을 건너가다

칼날 같은 속도로 건너간다 후다닥 건너간다 생각 없이 건너간다 건너가고 건너간 빙판이 핑글핑글 매끄럽다 한파가 지나가다 걸린다 바람이 지나가다 걸린다 폭설이 지나가다 걸린다 중국산 정체불명의 언어가 매끌매끌 빙판이다 일수쟁이 뒤통수로 반짝인다 발설하는 손톱으로 반짝인다 살금살금 건너가다 넘어진다 엉금엉금 건너가다 넘어진다 곁눈질하다 넘어진다 사회초년생이 엉덩방아를 찧는다 미니스커트가 엉덩방아를 찧는다 미성년자가 엉덩방아를 찧는다 잡아주던 발이 헛디딘다 일어나다 넘어진다 빙판이 덥석 문다 빙판이 엉덩이를 먹는다 빙판은 넘어지면 먹는다 현금입금기의 입으로 냉큼냉큼 받아먹는다 유부녀를 받아먹는다 뾰족구두를 받아먹는다 한파를 받아먹는다 초보를 받아먹는다 가난을 먹는다 빙판이 넘쳐난다 길거리에 생겼다가 전화기로 옮겼다가 인터넷에 붙는다 빙판이 자란다 구멍만 하다가 구멍이 자라서 빙판 안에 빙판 밖에 빙판, 빙판이 넘친다

꽃, 날아오르다

내 발이 자꾸 가려워지는 날, 싱싱한 바람을 한껏 불어 절정에 다다른 풍선껌 같은 꽃송이를 화병에 쓸쓸히 꽂는다 회전의자에 앉아 천천히 정년을 맞이하듯 꽃은 향기를 버리며 고요히 늙어갈 것이다 지금 배부른 화병은 모자를 쓰고 화장을 고치듯 꽃의 얼굴을 빌려 잠시 삶을 바꾸는 중이다 꽃은 자신의 화려한 내력을 포장하려 온몸이 향기인 껌처럼 뿌리를 벗고 향기를 입는다 향기는 꽃의 뼈다 꽃의 든든한 배경인 향기는 보름달이 줄어드는 속도로 사라질 것이다 수다를 떨듯 마지막 숨을 고르듯 곪아가는 물속에서 풍장에 드는지 천천히 숨을 끊는 중이다 공기 빠진 껌처럼 쭈글쭈글해지면 해고당하듯 화병은 꽃을 뱉어낼 것이다 뿌리 없는 꽃처럼 뽑혀나간 사람들

지구에서 뽑혀나간 누군가 하늘에 별로 박히는 시간
순하고 맑은 꽃의 얼굴을
화병에 꽂는다

저녁의 우화

울산 공단에서 천상리가는 132-1번 시내버스
출렁거리는 의자에 앉아 둥글게 몸을 감는다
덜컹거리거나 협곡을 만나더라도
깨어지지 않는 유일한 방법이다
고단한 정류소 몇몇 지나면
새근새근 들려오는 들새의 날갯짓 소리
눈치 없는 몇몇은 버스보다 빠르게 날아간다
버스는 날개를 펼치며 지상을 박차고
구름을 지나는 중이다
삶이 과속이거나 어둠을 지날 때마다
의자에 웅크린 알들 우화하려는지 소란하다
탁탁탁 알이 깨지면 버스는 가슴을 열어
허공 속으로 새끼를 풀어 놓는다
막막한 길 끝 뭇별 두엇 손 흔들면
지상에 불 밝힌 문이 열린다
어두워야 집을 찾는 새

마지막 버스 종점에서 깨어나지 않는 알들
아직도 부화하지 못한 것일까
콧노래 흥얼거리며 운전기사가 들여다보다가
손에 든 프라이팬으로 얼굴을 내리친다
스스로 알을 깨지 못한 것은
누군가에 의해 깨뜨려진 것들은
새가 되지 못하고 프라이가 된다
천상리 종점에는 돌아갈 둥지 없는 알들이
매일 밤 프라이로 우화한다

실비도*

파도소리가 들린 후,
난 귓속에 물고기를 키운다

백가지 이름을 가진 물고기들
소리가 아닌 모양으로 말한다
입과 입이 서로 엇갈리고

날카로운 파도가 높아질 때마다
오른쪽과 왼편의 깊이가 다른
바다를 풀어 놓고

둥근 식탁에 앉아
사라진 내 귀를 먹어 치운다

파도소리 잦아들면

---

* '휘파람 소리'라는 뜻을 가진 스페인어.

귓속을 빠져나가는 물고기들

한 무리의 물고기가 수평으로 건너간 후
기억이 지워진 채,
뼈만 남은 내 입이 바닥을 뒹군다

난,
밤새 흩어진 내 귀를 줍고 있다

꿈은 붉은빛이다

꿈과 붉은빛은 근친이다
절실한 꿈일수록 붉은빛에 가깝다
태초 하늘이 처음 눈 떴다, 감을 때
온통 붉은빛으로 물든 세상
붉게 물든다는 건 꿈을 키운다는 것이다
길은 몸을 열려고 붉은빛 허공에 걸어 둔다
지구를 향해 끝없이 추락하는 둥근 중력
화살촉에 제 가슴을 내어준 사과의 눈빛,
모두 붉은빛이었다는 사실.
눈 밝아지려 태초의 여자가 훔친 것도
과일이 아니라 붉은빛이다
어느 날 아침
딸아이의 몸에 붉은빛 비친다고
축하해 주라며 활짝 열린 아내의 입술이 붉다
빛이 갈라지면서 꿈도 흩어진다
흩어졌다고 타오르지 않은 꿈 없다

창백하게 걸린 저 초승달도
한땐 붉게 타올랐다고, 꿈을 기억한다고
뜨겁게 덴 가슴의 흔적 보인다
애초부터 붉은빛이 꿈이다

신불산

어둠이 막 몰려드는 산, 신을 만나러 간다 경계가 뚜렷해지면 당신을 찾기위해 무릎을 꿇는다 서둘러 문을 닫고 길을 지키는 나무나 절벽도 눈 감는다 난, 본 적 없는 당신 옆에 슬쩍 이적하고 싶다, 그럴 때면 경서를 베낀다,삐뚤삐뚤 옮겨 적은 글귀들이 길 밝히는 시간 신불산 하늘 벽 어디쯤 움켜잡은 손바닥 버린다 내 생각이 막바지에 이르면 찔금찔금 오줌발 소리, 당신도 급하면 소리가 터지나 보다 바짓가랑이 사이로 흐르는 소리 푸르게 발기된 노송을 적신다 내 이목구비는 키 낮은 침엽수 되어 당신이 흘리는 그림자 따른다 나온 곳으로 돌아가는 시간 가난한 내 영혼이 돌아가는 시간 당신의 뜨락에 뿌리내린다.

새들의 정치학

까만 새가 하늘을 덮는다 꼬리에 꼬리를 물고 달려든다
맞바람 맞아도 흔들리지 않고 정확하게 앉을자릴 찾는다
눈치 보지 않고 아무 곳이나 배설하는 몰염치에 욕을 해도
하늘을 까맣게 수놓는다 참으로 뻔뻔한 놈이다
천적을 피하려 무리지어 다닌다 잠들기 전까지
날개를 움직인다 숨거나 이탈하면 표적이 된다
둥지를 만들지 않는다 앉는 곳이 집이 되는 철새
평생 둥지 틀 곳을 찾아 떠돌아다니기만 했을 철새
날개가 꺾어지는 줄도 모르고 허공을 날아다닌다
힘센 철새들에게 밀려 무리를 버리고 홀로 날아다닐,
계절의 변화에 민감하다 철 지난 계절처럼 잊혀진다
무리를 떠난 새가 새로운 무리를 찾아가는 비행
고난하고 비겁하고 비굴하거나 용맹하지 않고
힘없는 새는 살아남기 위해 철새가 되기도 한다
세상이 어두워져 거대한 어둠이 몰려들면
까만 새들이 단단한 날개를 접고 대숲으로 숨는다

비밀의 방

내 몸에 비밀의 문 있지요 살아온 집과 살아갈 집이 티격태격하는 날이면 고독한 신전, 은밀히 당신과 내통하고 싶어져 눈감고 심호흡하면 당신은 내게 문을 열고 마법에서 막 풀려난 오랫동안 잠든 폐허의 동산과, 모두 유배지로 떠나고 남아 빈 입만 벌린 집, 낡은 손가락이나 나무 지팡이 보여 주지요 그 끝을 따라가면 멀거나 좁은 혹은 가깝거나 넓은 수천의 길 끝으로 보이는 어머니 배 속 같은, 아늑한 집이 보이네요. 눈 한번 감았다 뜨면 지금 반지하 단칸방에 웅크리고 잠든 어머니 가파른 숨소리 듣고 있지요 하루를 파장하는 불협화음으로 머리 둘 곳 찾으시는, 어머니, 눈물의 골짜기 지나 다녀오셨네요. 그럼 보셨지요. 우리가 떠나온 집, 처음 우리가 살던 집 말이에요. 지금 나는 마지막 메신저예요 유배지로 떠난 사람들에게 사슬 끊을 유서 배달하는 부재중이거나 수취 불명인 그들의 삶을 쫓고 있어요. 벌써 지상의 누구도 닿지 못할 무덤에 번지를 옮긴 사람 혹은 우리보다 먼저 아늑한 집에 당도한 사람이거나 빛과 어둠의 경계면에서 사각지대로 스며든 사람도 있네요. 가끔 자신의 문패를 단 집들은 수취 거부를 하지만 마지막 주소지에 편지가 닿으면 집으로 돌아가지요 애초부터 아늑한 집 하나씩 갖고 태어나는 사람들 문이 열리면 다시 돌아갈 비밀의 문 아직 닫혀 있나요

나를 끓이다

아내가 부엌에서 고등어를 다듬는다
나의 하루를 요리하는 중이다
내가 눈뜬 순간
아가미 아래쪽에 누워있는
아침 기상 시간을 단번에 자른다
출렁! 꿈과 현실이 분리되는 소리다
집을 나서며 얼룩진 편린을 지우듯
비늘을 벗기고 지느러미를 자른다
날카로운 칼날이 거칠고 굳은 뱃속에 들어가
내 행적을 저울질한다
오랫동안 내 안에 붙어 있는
행복한 기억과 욕망 덩어리
단번에 걷어낸다
두툼한 몸통을 탁탁 잘라
정기적금이나 보험을 들듯 냄비 안에 담는다
도마 위 꼬리지느러미가

퇴근길 포장집 막소주 한잔을 기억하는 동안
아내는 내 삶을 맛본다
담백하거나 시원하지 않으면 안 된다며
모아 쥔 기도의 손을 펴 소금을 뿌리고
물오른 허벅지 같은 무를 빚어 하루를 끓인다
내 삶을 끓인다

불면

가파른 한의원 계단을 오르며 바스락거리는 호흡들 딸아이를 생산한 이후로 십여 년 동안 아내는 깊은 강이 되어 불면의 시간을 보냈다 밤마다 강의 적요가 지나는 소리 들린다 가끔 연어의 몸살 앓는 소리도 난다 물의 기원의 기원까지 거슬러 올라가고 싶은 것이리라 한의원에서 강의 몸이 열리자 화석 같은 통증 묻어 나온다 수척한 팔다리며 가슴 아래 캄캄하게 돋은 가시들 오래도록 부드러운 물길이 식탁이며 침실을 흐르는 동안 가시는 안으로 날카롭게 이빨을 들이댄 것이리라 그녀의 몸은 잘못 들어선 길처럼 토라져 있다 너무 오래 걸어 들어가 돌아오는 길 버렸을 것이리라

몸은 수위를 낮추며 나이테를 키우며 줄어든 바닥으로 아내의 부장품이 보인다. 닳아버린 나의 구두며 녹슨 반지가 골다공증 걸린 흰 뼈처럼 바람의 길 만들고 있다 길 위로 낡은 복사기며 서류 뭉치들이 눈치를 살피면 물수제비 뜨던 딸아이의 돌이 초생달처럼 웃고 있는데 아내는 어디

를 갔을까. 어머니의 배 속에서 시작한 삶의 원류을 찾아간 것일까 마른 물줄기의 혈에 박힌 시침, 명치끝에서 타는 약쑥 같은 시간 야위어 가는 봄 강처럼 마른나무로 선 나는 짙은 그늘을 그녀에게 드리우고 싶은데, 그녀는 어디쯤 지나는 것일까 홀로 어두운 길 돌고 돌다 흐르는 강이 되려나 보다 그녀의 가늘고 긴 손가락이 거친 내 손에 길을 만든다 손에서 손으로 흐르는 물길, 환한 시간이다.

마술

검은 모자를 뒤집어 꽃과 새를 꺼내는 마술사처럼
'헌집 줄게, 새집 다오' 주문을 외워 보는
재개발지구의 등 굽은 골목들

포크레인 앞세우고 마술사가 돌아왔다
골목골목 두 팔을 휘두르고 확성기를
틀 때마다 쏟아지는 사은품
힘없이 주저앉는 지붕과 담장처럼
층층의 기억들 무너져 내린다

마술사가 모자를 뒤집는다 쏟아도 쏟아도
더 이상 나오지 않는 빈 손바닥 감추고
마술사가 사라지자
골목골목 빈집이 늘어난다
뒤집어진 모자 바닥보다 더 깊은 곳으로
떠밀려 간 사람들

이럴 땐,

종주먹 허공에 날리던 시청네거리에서

붉은 현수막을 검은 옷자락마냥 흔들어 보지만

마술은 막 내리면 사라지는 신기루

반품되다

어둠이 스륵스륵 돌아오는 시간
산비탈 사글세 집으로 반품되는 신발들

한쪽 입이 벌어진 작업화, 접힌 전단지마냥 구겨진 운동화 종일반에서 얼룩을 묻혀 온 구두가 옹기종기 누워 있다 기름때 묻은 작업화가 차가운 바닥에 누워 내일의 불안을 굽는다 종종 나가는 철야 작업을 기억하는지 밤늦도록 잠들지 못하고 뒤척인다 해종일 허기진 길을 오르내렸을까 모로 누운 운동화 한 짝. 어긋난 주소처럼 이십사 층 아파트까지 따라 다니던 길이 투덜거리며 풀려 나온다 기차처럼 줄지어 다니던 어린 구두들 모두 종착역으로 떠난 시간. 아직 잠든 구두 한 켤레 등에 업혀 둥둥 떠 돌아와 운동화 품으로 들어가는 캄캄한 밤

쑥 빠져 나온 하얗고 뭉툭한 발
너도 뿌리내리지 못하고 신발로부터 반품되었구나

저 도시에 뿌리내리지 못한 일상들
쾅, 어둠에 헛발질하듯 문 닫고 들어와선
세 식구 아랫목에 발 묻고 뿌리내린다
환한 방

물구나무

숲으로 출근을 한다
숲에는 거대한 앉은뱅이 동물이 입을 벌리고
포획할 준비 끝내고 먹잇감 노린다
움직이지 못하는 그는 늘 같은 곳에 덫을 놓지만
끼니를 걱정하지 않는다
잡식성인 그가 기다리는 것은
식물성이면서 움직이는 단세포 생물이다
검은 뿌리 하늘로 치켜세우고
거꾸로 살아가는 흉어가 좋은 음식이다
좌우대칭 무수한 입이 있어
길목의 덫은 항상 좋은 먹잇감이 가득하다
때로 어둠을 기다렸다가 빛을 복사해
화려한 돌을 토해낸다 유혹의 기술이다
포식증 앓은 그의 소화 기관은
잘 마른 음식의 숨소리만 고집한다
걸려든 단세포 생물의 일상을 먹어치우고

다시 부풀기를 기다렸다가 단번에 마신다
한 그릇 비우는데 순식간이다
거대한 동물은 밤이 되면 느릿느릿한 속도로
아득한 뱃속으로 퇴근을 한다

반구대

허풍쟁이 언어처럼 반짝거린다
돌칼 휘두르며 사냥을 나서다가 새겨 둔
상처의 깊이 바람보다 딱딱하다
눈동자는 허기보다 희미해진다
지킬 수 없는 약속 같은 오목새김이
첫얼음 지워지듯 얼굴로 흐른다
반쪽짜리 떡 떼던 손이 사냥을 멈추고
가슴을 쪼듯 바위의 심장 꺼낸다
쿵쾅쿵쾅, 소리로 만든 언어가 오래된 벌 받듯
그림 사이로 피어오르는 들꽃
반달처럼 빗금 지는 시간이 단단해진다
패어진 구멍 목에 걸고 바다를 헤엄치다
하늘로 바위로 음각된 얼굴들
젖은 이끼가 그늘에 묻혀 가는 동안
신발을 벗으며
돌과 돌의 대화를 엿듣는다

옷걸이에 걸린 별은

밤새 지구 한 바퀴 돌고
옷걸이에 걸려 잠이 든 나는,
긴 촉수의 끝은 별에 가 닿았고 별은
골목길에 불시착하여 돌멩이처럼 발에 차이겠다
별을 주워 제기 차고 야구공처럼 던지고
화폭에 숨어들면 별은 별보다 단단해지겠다
물속에 뛰어든 별은 자글자글 끓어오르며
뜨거운 심장을 식히는 중이겠다
어쩌면 뜨거운 채 벌거벗고 살면 좋겠다
신발을 벗고 옷을 벗고 걸어 다니는 별을 보겠다
거꾸로 서서 보는 세상은 얽혀진 곳
묶이고 엮여 반듯한 곳보다 힘이 세겠다
점성술사는 마디마디 중심을 만들겠다
별은 별이 되기를 거부하겠다
별이 빵이 되면 좋겠다
빵보다 더 맛있는 별이겠다

살아가다 한번쯤 허공 속으로 숨고 싶을 때
별이 잠든 순간 슬며시 지나가면 가슴이 아프겠다
노랑빨강하양검정파랑 별은 슬픔도
색색으로 빛나겠다

제3부

슬픈 예감

정물처럼 멈춰 있는 시간
하얗게 타오르는 얼굴 본 적 있나요

딱딱한 의자에 꽂혀 있어요 앉아서 붉은 입술이 다가오길 기다릴수록 나는 투명해져요 입술이 형식적이란 걸 깨닫는데 오래 걸리지 않아요 나의 기울어진 그림자 때문인가요 당신은 내게 관심이 없어요 나보다 내 뒤의 캄캄한 배경이 궁금한가요

사각의 공간에 놓여 있어요 내 취향을 네모로 만들고 둥근 얼굴은 사각을 고집했어요 나를 지우는데 오래 걸리지 않았어요 당신이 만들어 놓은 공간에 알맞게 고쳐 놓았거든요 자꾸만 찾아오는 두통, 내 안쪽은 쓸쓸히 빛나요 아침을 좋아하는 난 이미 정해진 길을 싫어해요 그럴수록 더 멀리 흘러간다는 걸 알아요

손톱을 가꾸며 엇나간 숫자를 맞추듯

난, 가끔씩 슬퍼져요

달려라, 기차

그는 달리는 종족이다 달리는 것이 살아 있음을 증명하는 한 방식이 된다 오늘도 푸른 행성의 길목을 질주한다 태어나고 죽는 것은 그가 달려가는 속도와 내가 걸어오는 시간이 먼 행성에서 우연히 겹쳐지듯 다가오는 것이다

안착하고 싶은 욕망 때문에 그는 발이 없다 어느 행성에 슬쩍 멈추고 싶을 땐 길 위를 벗어나 평행의 경계를 무너뜨린다 달리는 것이 숙명이라는 듯 꼬리를 자르고 도망친다 그때마다 그는 긴 울음만 한 번씩 들려줄 뿐, 어둠속을 질주하는 것은 독버섯 같은 이중성. 운명은 얼음처럼 뜨겁다

성운에서 태어나 성운으로 돌아가는 그와 난 유연관계다 나는 가끔 그에게 접붙이고 싶다 질주하는 그에게 올라타고 싶어질 때가 있는 것이다 우주 안에 들어 있던 별똥별이 힘껏 내달린다, 되돌릴 수 없는 시간

지금, 먼 행성을 달려가는 그가 탈선하려는지 기웃한다

WINDOWS 10

창을 연다는 것은 창으로 뛰어내리는 일입니다
문을 열면 안으로 문을 닫으면 밖으로 향하는 일입니다
안과 밖의 구분이 없어 죽음과 삶이 없는 곳입니다
당신은 오늘부터 출근 도장을 찍는 겁니다

오늘이란 창을 반으로 쪼개는 일입니다
일요일 출근하고 월요일 퇴근합니다
아니요, 오른편으로 출근하고 왼편으로 실직합니다
창은 더 많이 쪼개지고 출근은 더 많아집니다

창을 잃어버렸다는 사람이 뉴스에 나옵니다
사실, 창은 지워지는 길이었다가 구멍을 만드는 일입니다
구멍에서 실종된 사람을 만나 점심을 먹습니다
창에 커튼을 내리고 초인종을 누르면 우주보다 어둡습니다

창에 꽂혀 있는 우편물의 주소를 읽습니다
누군가 없는 죽음을 불러 이별을 통보하는 것입니다
열리지 않는 창에 익숙한 이름을 넣어 봅니다
대답은 간결하고 사라졌던 이름이 떠오릅니다

창을 열고 창을 닫는 일은 출근하는 일입니다
내가 왼편에서 출근하면 오른편에서 신문을 읽습니다
발자국 찍힌 엑스디움 창은 언제나 열리고 닫힙니다
난 한 번도 방문한 적 없는 나라에 관해 이야기합니다

소금의 #N세대

소금엔 그림자, 없습니다

육면체 속엔 정년의 나이테, 없습니다

파란 꽃 예쁘다고요 기다리던 열매, 없습니다

'하나+하나=하나'라는 이론, 없습니다

맛이 맛으로 타협되는 맛, 없습니다

쪼갬 쪼갬 쪼갬의 현재 진행형, 없습니다

평수 넓혀 이사 갈 지번, 없습니다

은밀히 내통하는 옷 벗는 소리, 없습니다

소금이란 말 속엔 소금, 없습니다

타고 녹고 날아도 환승역, 없습니다

밀당을 생각하지만 졸업, 없습니다

울음이 울음 되는 소통, 없습니다

겉은 화려하지만 알맹이, 없습니다

가시가 돋은 입에 세 드는 일, 없습니다

보이지 않는다고 잊히는 일, 없습니다

이력이 짧아 사막을 넘는 길, 없습니다

이름 밖으로 투신하는 일, 없습니다
모양이 무너진 맛있는 미래, 없습니다
무게를 버린다고 돋는 날개, 없습니다
빛 빛 빛이라는 분열증의 가설, 없습니다
물이 놀랐는지 허공에 피는 꽃, 없습니다
물이 넘친다고 꼬리치는 비늘, 없습니다
죽음을 앞둔 전사의 뒷모습, 없습니다
내 방식으로 살아가는 외톨이, 없습니다
물고기가 아니란 걸 죽음으로 배우는 일, 없습니다

먼, 곳

문을 닫고 길을 지운다 잡을 수 없는 것들이 더 선명하게 보이는 날, 손이 닿지 않는 몸의 구석과 수억 광년 행성이 같은 경계에 있다는 걸 안다 눈은 점점 더 어두워 마침내 맹인이 되고 삶과 죽음 사이에 끼여 포기할 것들이 늘어나기 시작한다 손은 점점 짧아져 슬픔은 가닿지 못한 허공에 단단히 박히고 우린 소릴 지른다

가끔씩 추락하거나 깊게 긋는 꿈도 사치란 걸 안다 별은 전염병 걸린 사람처럼 일시에 쿨럭이고 별을 잡으려 손을 흔들지만 흔들리는 건 당신의 절룩이는 일상, 기형의 몸짓 누가 만들었을까 유전일까 하나를 포기하면 잡을 수 없는 것들이 셋 다섯 일곱 만들어진다는데 손을 펼 수 없다

TV속 낯선 남자는 무어라 주문을 걸어 오지만 이미 너무 많은 주문에 걸려 있어 잡을 수 없는 무형의 구호가 주먹에서 빠져나간다 손안에 든 쥐나 주무르고 있는 사람들은 움

직이지 않아 소리쳐 깨워 보지만 깊은 잠 속에 빠진다 손이
가닿지 못하는 먼 곳

문수구장 동문4

둥근 발을 가진 것은 움직이는 운명을 가졌다
잠시라도 멈추어진 것이라면 둥근 발이 아니다
당신이 움직이지 않는 것을 보았다면
그것은 네가 엘리베이터 문에 끼인 것처럼
우스꽝스러운 포즈를 취했을 때이거나
어둡고 답답한 서랍에 갇혔을 것이다
그렇지 않고서야 저 움직이는 별들 중에
둥글지 않는 것이 있겠느냐
오래전 홈런볼을 주워 와 책상 서랍에 두었다가
저 골목길에서 놓친 적이 있다
어찌 빠른 발을 지녔는지
지난여름 해수욕장 위를 떠다니는 것을 봤다
홈런왕 이름을 걸고 굴러다니고 있었으니
둥근 것이 잠시 멈추었다면
지상의 생살을 도려내고 수평을 맞춘
비정상적인 우리들의 행동이지
굴러가는 것이 가장 자연스러운 것이니까 말이다

우리는 둥근 것들의 발목을 잡고 있다
글러브로 캐치를 하고
외야 뒤엔 어김없이 담장이 등장하는
굴러가는 것을 잡기 위해 쳐 놓은
함정이라든지 구덩이에 대해
못 본 척 두 눈을 감는 것은
어쩌면 둥근 우리들의 눈이 눈꺼풀에 갇혀
굴러가지 못하는 슬픔 때문일 것이다

사각 수박

사각 속에 사각
줄기는 달려가다 정지 정지
팔다리는 버려야지

둥근 몸은 바꿔야 해
유리병에 더 두꺼운 유리벽
네 귀를 세워
귀들은 브레이크 브레이크

불안은 불안으로 치료되지
사각 밖에 사각
더 큰 사각이 필요하지

발이 필요 없지
머리가 필요 없지
맛이 없어도 괜찮아

길들여진 맛 똑같아야 되는 맛

세상은 정지 정지
악몽은 브레이크 브레이크

속도는 평면으로
시간은 모서리로

구름 외판원

바람의 무늬보다 가벼운 구름을 몸 속 가득히 쟁인 그는
구름 외판원이지요

점. 점. 점... 뽑아 올린 일상의 부스러기와 눈물 서너 방울을 잘 버무려 새털이나 양떼에 생명을 불어넣는 그의 한쪽 어깨가 지평선으로 휘어져 있어요 '아'하고 입을 벌리면 새털같이 하늘을 건너고 '후'하면 초원을 달리는 양떼가 되고 싶어 스스로 갇힌 그는 토끼구름 여우구름을 만나면 무거워진 풍경 한 장 팔랑 넘겨요

줄어든 꿈처럼 삼각의 돌탑 끝에 뭉실 뜬 그는
치카치카푸카푸카 꿈을 부풀리고 있어요

누군가 예고도 없이 가슴을 누르고 꼬리를 말아 올려요 뭉텅뭉텅 빠져나온 하루가 짧아요 그때마다 그의 홀쭉한 허리를 옥죄네요 구름이 사라진 날, 일회용 구름이나 비정

기적 구름을 사용하는 당신은 구름의 유통 기한을 기억하나요 조바심 난 그는 빈 하늘만 빙빙 돌아요

치카치카푸카푸카 소리를 타고 오늘이 닫혔다 펼쳐지면 그는 만나지 못한 내일을 방문하네요

소리를 조립하다

저건 지휘봉이 아니라 힘이다
허공에 마법 가루를 골고루 뿌리는 것 같은,
목소리를 낮추어야 한다
엇나간 사람을 단숨에 자르는
저 끝은
우리를 재단하는 날카로운 칼날이다
지휘봉은 소리를 조립하는 중이다
휘두르고 자르며 계급을 만드는
조율가이다
오랫동안 길들여진 것들은 순종적이다
집에서 학교에서 직장에서 바다에서
천천히 죽어가는 것도 모른 채
우리는 침묵으로 음을 맞춘다
지휘봉을 벗어나면 막다른 골목이다
뒤돌아서면 출발점인 것을
갈래의 길이 열려 있다는 것을 모른다

지휘봉이란

우리가 들려준 것, 나의 힘인 것을

그 지휘봉이 점점 작아져 마침내 우리의

검지가 되듯

우리를 조율하는 것은

우리의 손가락이란 것을

사막 건너기

사막의 횡단에 대해 생각해 보는 밤입니다

사막을 건너는 사람은 목에 우물을 하나씩 품고 건너갑니다 사막의 모래 언덕은 사원이거나 부족의 무덤일 테니까 우물은 모래가 가득합니다 우린 모래를 먹고 마시고 모래를 위해 목숨을 걸기도 합니다 눈물이 마른 사람은 사막을 건널 수 없습니다 오늘 밤 난 눈물을 흘리며 사막을 지나가는 중입니다 가끔 발견되는 뼈는 모래로 돌아가는 중이거나 이방인입니다 이곳에 들어온 이방인은 죽음으로 건너갑니다 죽음은 어둡거나 절망적이지 않고 독창적으로 찾아옵니다 때론 죽음을 앞둔 사람들이 마지막으로 사막을 통과하는 의례를 가진다고 합니다 내 앞에서 죽어간 많은 흔적이 사막의 흔적입니다 따뜻한 죽음이 궁금해 사막을 횡단합니다

당신의 목숨보다 오랫동안 남아 있을 흔적, 여긴 모든 것이 하나 바람도 햇볕도 사람도 모두 모래가 첨가된 곳입니

다 이곳의 노래도 모두 우물에서 생깁니다 어두운 그림자나 암투도 우물 사이에서 일어납니다 사막을 횡단 하기 위해선 우물이 필요하니까요, 얼마 전 남은 반걸음의 목숨을 던져 버린 사람이 있었습니다 스스로가 스스로의 목에 가시를 품고 우물을 팠습니다 아무도 모르는 우물에선 붉은 물이 솟아납니다 우물은 이렇게 흔적을 남기며 다른 우물을 만듭니다 오늘 이 거대한 사막에서 우물을 품고 건너는 사람들을 봅니다 길은 버려야 찾을 수 있다는 이야기도 사막에서 시작한 것입니다

난, 지금 사막을 횡단하는 중입니다

별

길이 열리고 나는 태어났다 그때부터 검은 길 위에서 반
짝이며 단단해졌다

휘파람은 바람의 신을 불렀다 궁창의 수면 아래로 낮게
흐르며 높은음으로 가라앉았다

동에서 서로 옮겨가는 동안 발목이 꺾이며 어두워졌다
나로부터 멀어지고 있었다

허공을 쥐어짜듯 오후는 저물어갔다 둥글어지며 어둠을
안쪽부터 키웠던 것이다

오랫동안 방치한 공간에서 휘파람 소리가 들렸다 골방
에선 들리지 않는 소리가 죽어갔다

휘파람을 묻었다 아픔을 주렁주렁 잉태했다 오래된 통

증이 하늘에 걸려있었다

직립의 시간이 지났고 척추는 낮게 움츠러들며 둥근 등을 보였다

둥글어 지는 일은 사라져 가는 일이라 일러주었다

태평양 횟집

태평양에 물고기를 방목하는 횟집이 있다
손님이 오면 빵모자 눌러쓴 주인아저씨가
뜰채를 바다에 넣고 물고기를 기다린다
풍랑을 만난 듯 바다가 한 번 요동을 치면
싱싱한 태평양이 팔딱거리며 올라온다
저 넓은 방목장에서 어떻게 키울 수 있을까
늘 궁금한 나는 바다 귀퉁이에 쪼그려 앉아
발바닥으로 쿵쿵 바다를 놀라게 한다
태평양이 출렁거릴지
깜짝 놀란 물고기가 튀어 오를지
며칠째 수염을 깎지 않은 주인이 입술을 오므리며
쉿, 물고기가 다 알아
천천히 바다가 되어 바다를 길어 올린다
빈 뜰채만 들어 올린다
태평양 귀퉁이 구룡포 바닷가엔
물고기를 바다에 방목하는 횟집이 있다

파도는 늘 마당 지나 뒷문을 두드리고
밤마다 물고기와 연애를 한다는 주인은
주문이 밀려있어도 빈 뜰채만 들어 올린다

마지막 순대

생각한다, 죽음에 도달하면 가장 먼저 썩는 것을
난, 화살을 만들어 하늘에 쏠 것이다
아물지 않은 상처에 꽂혀 살아갈 것이리라

순대는 비명을 지르며
순대는 배반을 하고
순대는 순종을 거부하고
순대는 순대로 늙어갈 것이다

하여,오늘 뜨거운 밥알을 씹으며 죽은 기억을 씻는다
허기진 배를 채우듯 사랑을 하고
기울어진 해변에서 소주를 따르고
아주 오래된 발바닥을 만지며
나는 돌아오지 못한 화살을 찾으러 바다에 간다
밤은 꿈틀거리는 순대로 차가울 것이다

생각한다, 돌아오지 않는 것은 길이 없어서가 아니다
난, 투명한 울음을 기록하고
난, 버려진 신발을 찾고
난, 아침이면 다시 길을 지운다 쓸쓸하게
기다린다 기다리는 것은 고장 난 순대를 위로하는

일이다, 처음 태어난 순대는 아름답다
순백의 순대
끊기지 않을 순대
싱싱한 계절의 순대
를 생각하며, 순대를 닮은 잔에 순대의
속 빛 같은 사랑을 밀어 넣으며

눈동자는 허공을 뚫고

하나가 출발하면 노랗게 근육질의 눈동자에 박혀 넷, 둥글 둥글게 왼편의 눈동자에서 수천이 달리고 오른편 깃발 아래서 수천, 건너편 햇살을 등진 의자에서 노란 불꽃같은 둥글고 둥근 것이, 날개도 발도 없이 일사분란하게 척척척, 오와 열을 맞추어 척척척 노란의 속도로 척척척 왼손엔 반쯤 먹다 남긴 햄버거가 멈춤, 오른손엔 코카콜라 기울어진 자세로 출렁,

눈동자가 전속력으로 구르는 소린 적막하다, 고요를 적시는 건, 검열이 아니다 협박이나 회유가 아니다 폭력도 아니다 순간, 선을 넘어선 노란, 펩시콜라가 엎질러진다 입안의 침이 튄다 언어가 쏟아진다 환호성을 지르며 확성기가 켜지고 적막을, 고요를, 정적을, 얼음을, 정물을 뚫는다 깨부순다 통제 불능이다 거리로 뛰어나온 노란 노오란 불꽃같은

정지, 주머니에 들어가 사라진다 불을 기다린다 꺼지지 않는 불, 휙 공중으로 올라간다 한쪽 발끝은 지상에서 높이 솟구치고 둥근 것을 끌어당겨 허공에서 멈칫, 수천의 눈동자가 점점 커지고 작아지고

고래의 일몰

난, 사라진 고래에 대해
장생포에서 생각하는데
지상의 모든 고래가
반짝 대답을 하네
아찔한 높이의 고래자리에서
먼저 신호를 보내면
그들은 이미 허공에서 출렁
창끝에 매달린 고래,
밧줄에 포박된 이름,
바위 속에 박제된 이빨
고래는 고래다워지려
점점 사라진다는데
바위에 숨어들었다가
몰려나와 청빛 소릴 지른다네
소리가 소리를 밀고 나와
바다를 누비며

우우하고 바람 소리를 내는 일
투명한 허공의
흰 뼈는 지상의 길을 닮은 것
발끝엔 아픈 흔적이 묻어
그러니까 당신의 척추가 시려 오는 날
살은 모두 흙으로 돌아가고
흰 뼈만 남겨두는
빈 여백에선
허공만 흔들리지
마침내 내 눈앞에서 바위로
스며드는 이름
암각화 귀퉁이엔
잠든 고래를 깨워 바다로 돌려보내는
여긴, 고래의 자궁일 수도 있고
고래의 무덤일 수도 있는
이곳은 그들의 집

열두 가지 모양을 만드는
당신의 내면은
시간의 마디마디 변하는 맛
고래는
잠시 고래였다가
다시 슬몃 고래가 되었다가
내가 고래가 되기도 하는,

원형감옥

원을 여는 비밀번호 나는 모른다
형체가 없어 구속이 아니라 믿고 싶다
감옥 속엔 속도와 길이가 무한대로 달린다
옥죄는 한 벌 옷 원형감옥이 점점 견고해진다

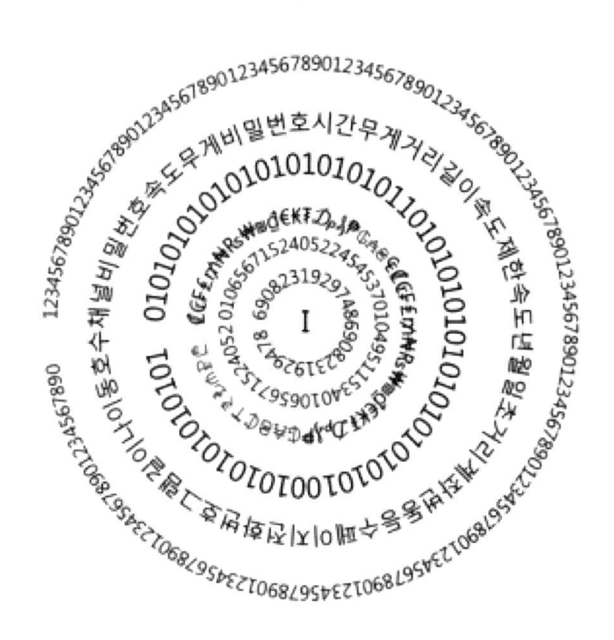

해설 · 시인의 말

해설

전복적 상상력과 초극에의 꿈

김종회(문학평론가, 경희대 교수)

1. 몰감각의 시대에 맞서는 시의 힘

강봉덕의 시는 맑고 카랑카랑하다. 그의 시에는 음습한 뒷그림이 없고 애써 숨기고자 하는 복면의 시어가 없다. 하지만 그의 시가 쉽게 읽히는 평면적인 언어의 조합으로 이루어져 있는 것은 아니다. 듣고 보면 알 듯한데 알고 보면 그 의미망의 깊이를 곱씹어 보아야 하는 내면 지향성이 그의 시 가운데 잠복해 있다. 쉬운 시의 문면에 뜻의 중첩을 담고 그 내면을 평이한 언사로 드러내는 글쓰기의 묘미가 그의 것이고 보면, 이 시집을 통해 우리는 참으로 좋은 시인 한 사람을 만나는 형국이 된다. 원래 비유와 상징의 기법을 함축하는 시의 장르적 성격이 그러한 것이었다.

이 시집의 제1부에 실린 시들은 시인의 시적 입지점이 어디이며 어떻게 시의 행로를 따라가고 있는가를 선명하게 드러낸다. 물질문명의 한복판에서 외형화와 작위적 조작과 물량 공세가 팽배한 현실을 정신주의의 힘으로 넘어서려는 몸짓이 그의 시다. 그 몰감각의 실제적 상황을 헤치고 시의 길이 확보할 수 있는 영혼의 보람이 무엇인가를 지속적으로 탐색하는 데 그의 영역이 있다. 「그 여자, 마네킹」을 보면, "경기 불황이 몰려오면/그녀는 더 화려하고 빠르게 변신한다"는 표현이 있고 그 시의 말미에는 "그 여자, 화려한 변신을 시작한다"는 끝막음의 서술이 있다. 이를 통해 시인은 사물과 정신의 서로 다른 공간을 한달음에 가로지른다.

허공이 열려 창백하다
빠져드는 부드러운 것들은 반항하지 않는다

문이 열리면 문은 창을 만들고 창은 구멍을 낳고 낳으며 자라나는 블랙홀 손바닥 안에서 밥상머리에서 책상 위에서 버스 안에서 만들어졌다가 사라지는 구멍, 휘어지는 그림자도 어둠도 비명도 구멍의 반대편 깊을수록 환하다 뒷면이 밝아 보이지 않는다 손가락을 잡고 눈알을 발목을 가슴을 몸을 당긴다

—「블랙홀 1」 부분

시인이 목도하는 공간의 블랙홀은 "입구만 있고 출구가 없는 구멍"이다. 그런데 이 블랙홀은 꼭 공간에만 적용되는 것이 아니다. 시간도 존재도 운명도 모두 블랙홀의 상황 논리로 설명될 수 있고 그렇게 설명할 수 있을 때 비로소 시인은 견자(見者)로서의 균형 감각과 주체적 사유의 자기 자리를 확보한다. 요컨대 블랙홀의 논리로만 검증될 수 있는 세계 인식의 방법, 일반적인 삶의 원리로는 작동하지 않는 시적 세계관의 체계가 시인의 것이다. 자신이 두 발을 두고 있는 세상의 와해와 블랙홀의 출몰이 기정사실화된 마당에, 그가 그 부정적 세계로부터의 탈

출구로 선택한 것이 곧 시 쓰기이다.

여기에 이르는 도정은 숱한 회오와 번민을 동반했을 터이나, 그렇게 새로운 삶의 원리를 발굴한 다음에는 기실 거칠 것이 없을지도 모른다. "기억의 블랙홀"이라 호명하는 "아파트"를 "아름다운 감옥"으로 만들겠다는 언표는, 그와 같은 과단성을 하나의 표징으로 보여 준다. 더 나아가 그 "사각의 블랙홀 공간"을 두고 "수천 년 후 박물관"이나 "한 가족 감옥이나 무덤" 또는 "고장난 비행접시"라 지칭하자는 권유(「블랙홀 2」)는 시인의 전복적 상상력이 설득력 있고 묘미 있는 진술의 형식을 획득한 경우다. 그 바탕에는 자유롭고 확장된 상상력의 축적이 있다. '태양의 둥근 등이나 얼굴' (「홀쭉한 등」), '닫힌 문에 생기는 벽'(「더 깊은 바깥」), '일상의 기울기가 만드는 그림자'(「감은사」) 같은 사례는 그 상상력이 산뜻한 비유법의 날개를 얻은 모습이다.

시인은 물화된 세상의 구태의연한 외양을 타파하고 마치 한 번도 가지 않은 길을 가듯 전인미답의 방식으로, 경이로운 말하기와 글쓰기의 방식으로 시의 형상을 축조하기로 한 셈이다. 그래서 그의 고양이는 "난간에 쪼그려 앉아 두꺼운 골목을 읽는" 투시력이 있고(「고양이가 골목을 읽다」), "저녁 식탁에 암술과 수술이 꽂혀" 있는 풍경이 가능하다(「꽃의 침묵」). 그런가 하면 "잠시 고래였다가/다시 슬몃 고래가 되었다가/내가 고래가 되기도 하는" 가역적 변신도 연출할 수 있다(「고래의 일몰」). 이렇게 보면 시인의 자유로운 생각과 몸의 운용이 무소불위의 경지에 이른 것으로 유추해 볼 수 있는데, 실상에 있어서 그 운신 폭의 확대는 견고한 시적 조직성을 수반하지 않으면 안 된다. 그렇지 않다면 그것이 허황한 시적 유희에 그치고 말 터이기 때문이다.

2. 일상의 주박(呪縛)과 내면 지향성

만약 이 시인이 앞서 살펴본 바와 같이 현실 일탈의 초월적 행보 만을 고집했다면 그의 시가 우리의 가슴과 삶에 고졸(古拙)한 울림을 선사하기 어려웠을 것이다. 그는 현실을 뛰어넘는 상상력의 소유자이되 그와 꼭 같은 강도로 현실의 주박(呪縛)을 감당해야 하는 육신의 주인이었다. 그러기에 제2부에 등장하는 시편들은 삶의 적나라한 실상과 그에 따른 우울, 불면, 우화적 풍광 등을 순차적으로 보여 준다. 그 우화는 냉엄한 현실의 다른 모습이자 마침내 딛고 일어서야 할 삶의 그루터기요 어쩌면 시적 상상력의 모태로 기능하는 재료에 해당한다. 그와 같은 일상으로부터의 얽매임에서 내면적 자기 충일을 이끌어 내고 또 한 단계 높은 곳으로 승급을 지향하는 데 그의 시가 있다.

세상으로 향한 회전문 열고 들어오는
구부정한 허리의 윤씨는 건축 일용직공이다
아침부터 비가 내리는 날
지하 단칸방 벗어나려
희망으로 향하는 목도의 길 더듬어 온 것이다
(중략)

이제, 집은 마무리가 되고
다시 건축 일용직공의 항해가 시작된다
용마루 올리자 바람이 분다
설계도 위의 꿈이 와르르 무너진다
윤씨는 꿈을 접어 봉투에 밀어 넣는다

언제 다시 개봉할지 모르는 어두운 가슴 한편으로

긴 미로 끝 윤씨의 낙인이 그려지고
세상을 향해 나서는 순간
처마 끝 풍경이 하늘의 현 건드리자
겨울비 내린다
멀리서 풍경소리가 내린다

—「풍경소리」 부분

건축 일용직공 윤씨의, 집을 짓는 대장정은 마무리되었지만 윤씨에게는 남은 것이 없다. 윤씨는 "꿈을 접어 봉투에 밀어 넣는다." "처마 끝 풍경이 하늘의 현 건드리자" 겨울비가 내리고 멀리서 풍경소리도 내린다. 강봉덕을 시인이게 하는 예민한 감각과 여린 감성의 촉수가 작동하는 가장 볼품 있는 지점이 바로 여기다. 이는 절박한 난관의 땅에서 꿈의 행방을 추적하고, 그것을 한 차원 다른 의미의 강역(疆域)으로 추동하는 열린 의식의 체계를 말한다. 비록 그 꿈의 빛깔이 붉은 빛이라 할지라도(「꿈은 붉은 빛이다」), 꿈이 있기에 생각이 있고 길이 있고 현실의 한계를 넘어설 매개자의 존재도 있다.

나를 허공으로 던진다 날카로운 모서리가 곡선으로 구겨지며 날개가 돋아난 것이다 쓸모없다고 생각한 순간 새가 되기로 한다 얇은 마음을 펼쳐 순백의 하늘을 닮아 날개의 기억을 더듬는다 멀리 날기 위해 스스로 구겨져야 한다

(중략)

난, 날아오를 준비를 끝내고 기다린다 반듯하지 않을수록 탄력 있는 날개, 아직 돋지 않는 날개를 생각하는지 옆구리를 긁으며 허공을 빠져나오는 얼굴 보인다

—「새」 부분

물론 새가, 아니 시적 자아가 날아오를 공간이 "얇은 마음을 펼쳐 순백의 하늘을 닮아" 간 기억에 상응하기 어려울 것이다. "내 몸에 비밀의 문"이 있는 것도 알고 있다(「비밀의 방」). 때로는 요령부득의, 모두 해독하기 어려운 일들이 줄지어 있는 곳이 인생사의 굴곡이다. 매우 독특한 예를 들면, "세상의 높이를 지우는 방식으로/눈은 평면으로" 내리기도 한다(「눈 내리는 방식」). 하지만 그 모든 부조리와 불합리의 끝이 허망한 멸절의 궁극을 보이지는 않을 것이다. 모르는 것은 모르는 대로, 할 수 없는 것은 할 수 없는 대로 남겨 두는 것이 어쩌면 견자의 도리일지도 모른다. 그래서 시인은 "가난한 내 영혼이 돌아가는 시간 당신의 뜨락에 뿌리내린다"(「신불산」)고 했다.

3. 반역의 언어와 초절주의로의 길

제1부와 제2부에 수록된 시편들이 시인의 창의적인 세계 인식과 그것을 시화(詩化)하는 내면의 형상을 보여 주었다면, 제3부의 시편들은 거기서 한걸음 더 나아간다. 그의 시어들이 보다 강고해지고 반역의 행보를 마다하지 않으며 그 전방 지점에 초탈 또는 초절주의의 길을 예견하는 시적 담론에 이르고 있기 때문이다. 중요한 것은 그의 초절주의가 단순한 언어의 발양에 머무르지 않고 지금껏 일관한 시세계의 행로에

서 스스로 찾아낸 하나의 탈출구라는 사실이다. 항차 시를 쓰는 일 자체가 해명이 어려운 인생사에서 유효한 탈출구였거니와, 시작(詩作)의 길을 통해 궁벽한 상황을 초탈할 수 있는 길을 찾아낸 것은 또 하나의 가치요 보람이 아닐 수 없다.

> 창을 연다는 것은 창으로 뛰어내리는 일입니다
> 문을 열면 안으로 문을 닫으면 밖으로 향하는 일입니다
> 안과 밖의 구분이 없어 죽음과 삶이 없는 곳입니다
> 당신은 오늘부터 출근 도장을 찍는 겁니다
> (중략)
>
> 창을 열고 창을 닫는 일은 출근하는 일입니다
> 내가 왼편에서 출근하면 오른편에서 신문을 읽습니다
> 발자국 찍힌 엑스디움 창은 언제나 열리고 닫힙니다
> 난 한 번도 방문한 적 없는 나라에 관해 이야기합니다
>
> —「WINDOWS 10」 부분

벽의 창이든 컴퓨터의 창이든 "창을 연다는 것"은 일상의 규율에 가장 근접해 있는 상식적 행위다. 그러나 이 시인의 겹친꼴 눈길에 의지해서 보면 그것은 안과 밖, 삶과 죽음, 존재와 운명을 분할하고 또 통합하는 상징적 담론을 견인한다. 창을 여는 것이 "출근 도장을 찍는" 것처럼 평상의 일이지만 "창에 커튼을 내리고 초인종을 누르면 우주보다" 어두운 존재론의 설정이 이루어진다. 이는 어쩌면 이 글의 서두에서 언급한 블랙홀의 형용과 닮아 있다. 그러고 보면 우리가 잠깐 시선을 다

른 곳에 둔 사이에도 이 시인의 시적 내면화는 여전히 동일한 의미의 길목을 점유하고 있었던 것인지도 모른다. 꼭 같은 방식으로 그의 "소금엔 그림자, 없"고(「소금의 #N세대」), "고래의 발이 사라지고 흔적만 남았다"(「고래의 발」).

> 우리가 살아오면서 잊어버린 것 천천히 가슴으로부터 멀어진 것
> 눈알이 캄캄해 놓쳐 버린 것 움켜쥐다 빠져나간 것
> 가령, 이런 것들이 다시 돌아온다면
> 돌아오는 것들은 어디에 숨어 있었을까
> 차가운 암각화나 눈물 같은 별자리 속이거나 아니면,
> 당신이나 나의 가슴 저 깊숙한 자리에 있었을지도 모른다
> 아름다운 고래의 발
>
> —「고래의 발」 부분

사라진 고래의 발은 이 시인의 세계에서 결코 사라진 것이 아니다. 사라진 것은 돌아올 수 있고 그렇게 되면 그 동안의 행적을 유추하던 온갖 생각이 모두 노래가 되고 시가 된다. 이 반복적이고 반역적인 언어의 문법을 효율적으로 활용하고 있기에 그에게는 "금요일의 꼬리"가 있고(「금요일의 꼬리들」), 그의 기차는 "안착하고 싶은 욕망 때문에" 발이 없다(「달려라 기차」). 시인의 발화 방식, 담론 전개의 방식은 제3부에 와서 한껏 탈 우주적인 개방과 확대의 논리를 열어 둔다. 그런데 그 무한대로의 개방은 곧 자신의 시세계가 가진 무저갱 지향의 내면과 일종의 균형성을 획득하려는 것일 수도 있다. 그래서 "달리는 종족"인 기차의 "안착하고 싶은 욕망"을 말했을 터이다. 「별」과 「사막 건너기」, 「구름

외판원」 같은 시들은 모두 이 양가적 측면이 배태하는 초절주의의 기호들이다.

이 시집 말미의 시 「원형감옥」은 그의 시가 당착한 현실과 초절주의의 길을 매우 압축적으로 예시한다. 시적 화자는 글자와 숫자로 이루어진 그 원형감옥 속의 비밀번호를 모르지만, "형체가 없어 구속이 아니라"고 믿고 싶어 한다. 그러나 "감옥 속엔 속도와 길이가 무한대로" 달리는 형이상학적 구조가 있다. 동시에 일상의 안일과 습속, 일반적인 감각과 욕망의 저변을 과감하게 초극해 버린 시정신의 정화(精華)가 있다. 마치 그가 일상 속에서 발견한 "사각 수박"과 같이, "속도는 평면으로/시간은 모서리로"(「사각 수박」) 수렴되는 탈일상의 존재는 우리 삶의 길섶 어디에나 숨어 있다. 이렇게 보면 강봉덕의 시는 일상과 초극, 현실적인 삶과 존재론의 우주를 잇는 뫼비우스의 띠와 같은 호소력을 지녔다. 그의 전복적 상상력과 초극에의 꿈이 더 활달하고 설득력 있는 경계를 열어 갈 수 있기를 기대한다.

시인의 말

시를 쓴다는 것은
사람을 사랑하는 것이다

사람을 사랑하는 것은
더 낮아진다는 것이다

더 낮아진다는 것은
세상이 아름답다는 것을 아는 것이다

세상이 아름답다는 것은
세상을 맑게 하는 사람이 있다는 것이다

세상을 맑게 하는 사람이 있다는 것은
시를 사랑하는 사람이 있다는 것이다